Q 葵與貓的偵探日常

閃亮點

葵與貓的偵探日常

不能說的
偷畫賊

蘇飛 著

角色設定

鄭小葵

年齡：10 歲

個性：直率、沉迷推理

偵探力：

➔ 為推理能力佳，擁有豐富的偵探知識

➔ 奇準的直覺，總是能朝著正確的方向追查案件

卡塔

年齡：?? 歲

特徵：像貓一樣的神秘生物

年齡：10歲

個性：樂觀開朗

偵探力：

➤ 運動細胞極好，可憑
體力追捕嫌疑犯

莊可樂

年齡：10歲

個性：傲嬌

偵探力：

➤ 想像力豐富，能天馬
行空地重組案情（想錯
的情況較多）

姚子君

目錄

✦ 序章 ✦

月光明媚的夜晚。水星小學內靜悄悄的，只聽見蟲兒在奏著此起彼落的協奏曲。

校務負責人阿麥老伯走在晦暗的走廊上，有序地熄掉講堂和活動中心的電燈。

平常這個時候，他早就回到學校宿舍休息，但今天學會活動很晚才結束，他亦跟著延遲放工。

他來到展廳前，轉動一下門把，確認展廳已上鎖。

他呵口氣，按下燈掣，整棟建築物瞬間暗下來。

阿麥老伯走後，過了一段時間，有人打開展廳大門。

之後，一幅名畫被一雙手取了下來……

第一章

社團搶人活動

水星小學是古越鎮唯一的小學，校園面積廣大，景觀古色古香。

這兒有古典的庭院，小橋流水，鯉魚悠遊其中的魚池……走在其中，幾乎以為自己穿越時空來到古代了呢！

水星小學不單校園環境優美，其校風樸素，教學認真，因此近年來吸引了許多鎮外人送孩子到這兒求學。但說到最令人稱道的，當然是多姿多采的社團活動了！

小葵剛轉學到水星小學兩個星期，就親自體驗到各式各樣千奇百怪的社團搶人奇招。

今天一早，小葵走路去學校途中，遠遠地就聽見音樂社社員的廣播，昨天演唱的是音樂劇，今天又變成中文民謠。

還沒進到校園，就有一些愛好手作的社團派發團員親自設計的貼紙，敲擊樂器社在門口打著鼓笑臉盈盈地歡迎同學。

進到校內更是熱鬧非凡，通往校舍的走道兩旁擺滿各社團的檔口，不同社團的社員在檔口附近招攬同學加入，有些扮成玩偶，有的穿著社團制服展示他們社團的活動，比如打跆拳、舞蹈、扯鈴、拉琴等等。

小葵左閃右避的，走到跆拳社前面時冷不防跆拳社社員一個抬腿——差點兒就被打著！

幸好有個人及時把她拉開才沒有被擊中。

「你怎麼那麼遲鈍？虧你還是我們華

麗富豪愛因斯坦偵探社的一員。」

　　小葵定下心來，看到拉住她的原來是她的同班同學子君。

　　這時，有個人突然從背後拍了她們倆的肩膀，嚇得兩人抖了一抖。

　　子君氣呼呼地回過頭，罵道：「誰這麼沒有常識拍我肩膀？我最討厭人家拍我的肩膀了！」

　　「嘿！原來你這麼膽小。」

　　說這話的，是小葵的另一個同班同學可樂。

　　「我，我才不是膽小，肩膀可不能隨便被人拍你不知道嗎？」子君不悅地說。

　　「這我可沒聽說過，那麼迷信，怎麼當偵探？」

　　說著可樂又故意將手輕搭在子君肩上。

　　子君這回可火了，威嚇道：「再打我肩膀，我……我就告

你！」

「哈哈！你要告我甚麼？輕輕拍你肩膀也可以告？虧你還是我們福爾摩斯雨果神探愛好會的社員，沒有一點法律知識。」

小葵傻眼，問道：「我們的偵探小組怎麼一會兒叫華麗富豪愛因斯坦偵探社，一會兒又變成福爾摩斯雨果神探愛好會了？」

由於熱愛推理，小葵與兩名伙伴前不久才非正式的組成一隊三人偵探團。

子君不理會小葵，繼續說道：「身為華麗富豪愛因斯坦偵探社的成員，我不允許你一再挑戰我的底線。」

「身為福爾摩斯雨果神探愛好會的會員，我們必須具備偵探應有的態度。」

「你已經對我造成精神傷害！」

可樂從來沒有被人這般面斥，羞惱

地說：「哇！這樣都可以？你真是一點偵探精神都沒有。」

「你才沒有偵探精神……」

小葵知道這兩人一抬槓就沒完沒了，趕緊問說：「你們參加甚麼社團活動？」子君一聽，馬上說道：「還用說，當然是參加繪畫社啦！」

「你不是韻律操社團嗎？甚麼時候變成繪畫社了？」可樂驚奇得抬高了眉。

「有本事的人可以同時參加幾個社團，你不知道嗎？」

可樂攤攤手：「我真的不知道。我不像你，甚麼都想學，結果甚麼都半桶水。」

「你又知道我半桶水──」子君氣得叉起腰爭辯。

小葵趕緊又插話道：「我還沒有加入社團，你們可以給我建議嗎？」

「當然是韻律操社！」「當然是田徑社！」

兩人異口同聲地說，小葵望著兩人，不知如何抉擇，結果子君一把搶過小葵的手，拉著她跑到韻律操社檔口前。恰巧有個同學在示範，只見她往後彎腰，竟然把整個身體彎成n字形，雙手向後撐住地上！小葵嚇得目瞪口呆，差點兒以為她的腰會斷掉呢！

「你那麼遲鈍，韻律操不單可以訓練你的靈活度、柔軟度，還能培養美好的體態……」

小葵沒等子君說完就一個勁兒地開溜了，她可不想扭斷腰肢啊！

第二章

小葵的天賦？

小葵逃到一個無人光顧的冷清攤位，才稍微喘一口氣，想不到子君從不遠處發現了她，喜滋滋地衝到她面前。

「哎呀，原來你喜歡繪畫社啊！正好，我也打算加入呢！」

小葵這時才發現這檔口擺著許多漂亮的圖畫，桌面還有一些畫畫用具。

「呃，不，我不會畫畫──」小葵趕緊舉起雙手否認道。

「學就會了啊！」

「不，我真的完全沒有畫畫天分！加入的話畫畫老師肯定被

我氣死——」

「誰說畫畫一定要有很好的天賦？」

有個優雅的聲音在小葵耳邊響起。小葵往右上方看去——那是一位五官娟秀，梳著典雅髮髻的女士。

女士微微一笑，拉起小葵的手，讓她抓著毛筆，並擺了張白紙到小葵跟前，說：「你畫畫看。」

小葵張大著嘴，她手中抓著筆，圍觀的人們一副期待的樣子。

「怎麼辦？現在是騎虎難下了……」小葵心想著，無可奈何地歎口氣，沾了沾顏料，硬著頭皮往那白紙畫去。

小葵邊畫邊看子君，子君醒悟到小葵是要畫她，趕緊仰高了頭，擺出自認最美麗的「pose」，再露出白淨的牙齒甜甜一笑。

她時不時檢查一下小葵筆下的她，希望小葵能把她畫得美麗大方，怎麼知道她愈看眉頭就皺得愈緊，最後她按捺不住了，過去指著小葵畫中人道：「你根本是在亂畫！這一點兒都不像我，我的鼻孔沒那麼大，眼睛要大一點，還有，嘴唇也應該小巧些！」

　　同學們過來圍觀小葵的畫。看到小葵畫中的子君，同學們都忍不住發出笑聲。

　　小葵停下筆，無地自容地低著頭：「對不起，我真的不會畫畫。」

　　子君摸摸下巴，狐疑地說：「照理說小葵你的母親是位漫畫家，你不可能不會畫畫的啊！怎麼會這樣呢？」

　　可樂幫著小葵回道：「漫畫家的孩子就一定要會畫畫嗎？那廚師的孩子就一定很會煮東西，醫生的孩子就會幫人看病嗎？」

21

子君臉漲紅地爭辯道：「那些是專業的工作，必須學習才會，跟畫畫不同！」

　　「畫畫也是要學才會畫的啊，就像寫字也是要學才會，難道你一生出來就會寫字嗎？」

　　子君被說得啞口無言，氣急敗壞地說：「你不會推理就不要胡亂推理！」

　　「我不會推理難道你會──」

　　這時那位女士走過來，取走小葵的畫。小葵、子君和可樂都嚇了一跳，趕緊挺直身體乖乖待著。

　　「嗯……」女士仔細地觀察小葵的畫，小葵覺得很不自在。

　　正如子君所說，小葵的母親明明是位漫畫家，但小葵從小就不會畫畫，這對她來說，是令她羞愧的事。她周遭時常有人說這樣的話，譬如「你媽媽那麼會畫畫，你一定也很厲害。」

「你有沒有媽媽的優秀基因啊？」「你以後也跟媽媽一樣要當漫畫家對嗎？」

人們總是很喜歡按他們自己的想像來推測別人呢！

這時那位女士開口了：「你的畫雖然不是那麼精美，筆觸也不純熟，很像塗鴉一樣，看起來的確是從未學過畫畫，或者說是沒有基礎的人的畫……」

小葵聽到這兒已想拔腿逃走，但子君死死拉住她的手，她完全掙不開來。

「雖然如此，你畫的輪廓很精準，五官也非常有特色。你看，你將這個同學的神韻完全畫出來了啊！」

小葵簡直不敢相信自己的耳朵，其他同學聽了馬上一窩蜂圍過來觀賞小葵的畫。

大伙兒對照著畫和子君本人，

其中一個同學讚歎：「像！真的像！」

「對啊！老師說得一點兒都沒錯，雖然五官有點誇張，不過一眼就認出是她了！」

同學說著，將手指向子君，其他同學立即頷首附和。

「真的那麼像嗎？我看看……」子君側著頭仔細盯著速寫版本的自己，「嗯……的確有點像……像卡通版但比真人醜很多的我。」

可樂一下一下拍著子君的肩膀，開心說道：「何止有點像，根本就是很像！」

他沒注意到子君鼻孔在噴氣，轉向小葵說：「小葵，你真的遺傳到你媽咪，你是有畫畫天分的！」

女士好奇地詢問：「你叫小葵？你的母親是漫畫家嗎？」

小葵不好意思地點點頭。

「我是繪畫社的朱老師。

非常期待你的畫呢！不知道你是不是願意加入我們的社團呢？」

　　朱老師溫婉的鼓勵和邀請，讓小葵感到輕飄飄的，她情不自禁地點了下頭，回道：「願意。」

　　受夠了可樂拍肩的子君，正要反擊之際愕然停住了手，滿臉怒顏轉為驚喜：「太好了！小葵選擇跟我一起加入繪畫社了！哈哈！小葵，以後我們可以一起上社團活動……」

　　可樂雖然沒有被打，卻一臉灰溜溜的樣子。他可是非常期待能跟小葵一塊兒加入田徑社，在操場上馳騁呢！

第三章

未來想做的事

放學後，小葵踏著輕快的腳步回家。

她從來不知道自己具有畫畫天賦呢！她必須趕緊回家告訴Jane這個好消息。

Jane是小葵外婆的英文名字。她在古越鎮開了家理髮店，是位樂天開朗的女士。她時常對小葵說的口頭禪就是：「保持自信！沒有事能難倒我們！」

「外婆肯定會替我加油，要我繼續努力吧？」小葵想著，推開了「珍妮理髮」的門。

「小葵，你可完全不像你母親。」誰知外婆知道後並沒有很高興，還說了完全

相反的話。

「我們在這個世界上，是獨一無二的，雖然我生下你母親，但你母親不需要像我。你也一樣，你不需要像你母親。我們每個人都有自己的路，就算你會畫畫，也不用跟你母親一樣當漫畫家。」

外婆邊為顧客捲上燙髮用的卷子邊說道。

「Jane⋯⋯」小葵想不到外婆會這麼說，一時不知道怎麼反應。

「你說說看，以後想做甚麼工作？」外婆問這話時，滿頭都是卷子的顧客忍不住偷瞄小葵。

「我⋯⋯沒有想過這個問題。」小葵據實說。

「她還小啦！怎麼可能會想這種事。」顧客打岔道。

「我就是問問看而已。如

果沒有，從現在開始想也不錯哦！」外婆朝她眨眨眼，然後將顧客的卷子頭用毛巾包好，拍拍一下，對顧客說：「休息一會兒，待半小時就變Nicole Kidman──的頭髮囉！」

　　顧客笑開了花，外婆轉過頭對小葵說：「餓了吧！快去吃飯。甚麼都不重要，吃飽飽最重要，知道嗎？」

　　小葵走去後面，拿出外婆放在蒸籠內的飯菜，這時才發現自己飢腸轆轆。

　　「剛才下課時被子君拉去繪畫社購買畫畫用具，沒時間去食堂買東西吃呢！」

　　小葵吃著熱騰騰的飯菜，覺得在外婆家住的日子很幸福。以前在大都市生活，父母時常不在身邊，小葵放學後只能自己到便利店或附近的檔口買飯，一個人孤零零地用餐呢！

「我以後要做甚麼？我有想做的事嗎？」小葵邊吃邊想。

　　飯後，小葵提著書包到閣樓做功課。

　　這個堆滿各式各樣推理書和漫畫的閣樓是小葵母親以前的書房，也是小葵的新天地。

　　在這裡小葵可以放鬆地休息、空想、看書，自由自在地做自己。

　　小葵拿出今天各科目老師交代的功課，坐到圓圓的窗前，開始認真地寫作業。

　　今天的數學作業有點難，不過小葵喜歡有挑戰的題目，仔細思考怎麼做，再經過一輪推敲、演算，終於解開題之後，她會雀躍地點點頭，跟她解開推理難題的感覺一模一樣。

「呼！做好了！」

小葵伸伸懶腰，望向窗口外。

從閣樓看出去，可以看到附近的景觀，讓眼睛放鬆一下。小葵把視線拉回來，望向閣樓內滿滿的書籍。

「今天又沒有出來嗎？」小葵說著，繼續打量閣樓周遭的空間。

過了半晌，書櫃那兒靜悄悄的，甚麼都沒有出現。

小葵回想起不久前與靈貓卡塔在閣樓相遇的片段。當時書架中的其中一本書掉下一張書籤，上面寫著一首預言詩。

暗夜輕輕喚
喚來昔日伴
聯手除奸惡
無縫斷迷霧
綿綿數百年
四海洶湧起
神山浮羽印
貓之使者現
靈葵會合日
古城險浩劫
待尋傳承物
再解世間謎

33

靈貓卡塔對小葵說：

「使者可不是這麼容易當的。你必須通過測試。」

「測試？我才不要測試！而且，我根本沒有說要當你的使者！」

「這沒有得選擇。」

「不，誰都不能幫我決定，我才不要當甚麼使者！」

「唉，你真是冥頑不靈。書籤上不是寫了嗎？」

小葵的思緒拉了回來。

「測試……到底是甚麼樣的測試？」

小葵喃喃自語著，把目光移向書櫃，彷彿靈貓卡塔就在那兒盯著她。

她怔怔地看著空無一物的空間，有一會兒，好像聽見了甚麼，但理智告訴她，是她自己在臆想。

　　「我在期待甚麼呢？或許他不會再出現了。」

　　小葵走過去書架旁，那是她頭一回看見卡塔的地方。

　　「那不正好嗎？我根本不想當甚麼使者。」

　　小葵的視線落在某個熟悉的書脊，「還是看看雨果神探吧！」

　　說著她隨手取出雨果神探系列第221集來看。

　　小葵津津有味地閱讀著，雨果神探系列是她很喜歡的偵探小說，百看不厭。看完後，她突然想起外婆說的話。

　　「以後我想做甚麼？」小葵望了望雨果神探封面，「有沒有可能做偵探？」

小葵不禁為自己天真的想法笑了起來,「不過,我倒是從來沒有想過當漫畫家。」

　　「到底我要做甚麼呢?難道我以後真的可以跟媽媽一樣,當漫畫家嗎?」

　　小葵想了又想,還是想不出個所以然。

　　「在這裡空想也沒用。不如先試看跟朱老師學畫吧!」

　　小葵檢查一下明天要帶的課本,歡喜地欣賞一番剛才購買的畫筆,興沖沖跑下樓去。她已經迫不及待想要去繪畫社學習畫畫了呢!

第四章

消失的名畫

第二天，子君一看到小葵就興奮地說個不停。

「聽說朱老師以前是某某大學的畢業生，還拿過最佳繪畫新人獎！」「還有啊！朱老師的畫還被人買來收藏呢！」「朱老師教書前在畫廊賣過畫哦！」

小葵沒聽過這些消息，她很好奇子君從哪兒聽來。

「你是怎麼知道這些的呢？」小葵問。

「嘿！我爸爸有跟朱老師工作的畫廊買過畫啊！」

　　子君父親是企業老闆，家裡經營酒店，時常到處視察業務。

　　「噢，你父親買畫，是為了佈置酒店嗎？」

　　「對啊！每間房和走廊都需要一幅到兩幅畫裝飾，所以啊，爸爸常去畫廊走動，我也跟他去買過畫呢！」

　　子君突然兩眼一睜，興奮地說道：「對了，不如叫爸爸買下朱老師的畫，那房客就可以欣賞朱老師的畫了！」

　　「嗯，我覺得這個提議不錯，不過還得先問過老師。」

　　「昨天買的畫筆很好用，你有試畫嗎？」「我昨天畫了幾幅，你要不要看看？」

　　她們倆一個勁兒地說，話題圍繞著朱老師和繪畫社，一旁的可樂根本沒機會插話。他板著臉，似乎感到很無聊。

38

放學後，子君拉著小葵第一個衝出課室，匆匆吃了午飯後，她們立即走去舊校舍。

　　水星小學年代久遠，自從建了新校舍後，古色古香的舊校舍就當作社團活動課室。

　　繪畫社也在舊校舍的其中一間課室，位於廣播社和烹飪愛好會之間。

　　由於今天是第一天社團活動的日子，舊校舍裡裡外外聚集了許多人，熱鬧非凡。

　　「大家都很期待社團活動呢！」子君說著，快步越過人群，走向繪畫社。

　　誰知進到課室，卻只有三三兩兩的同學在那兒自習。

　　子君好奇地走過去，詢問其中一位綁著辮子的女同學道：「你們怎麼自己畫畫？朱老師呢？」

　　女同學回道：「不知道。團長說今天朱老師請假。」

「啊？為甚麼突然請假？老師昨天還好好的。」子君問。

「不知道。剛才下課的時候，團長逐一通知各班別，舊團員不用來社團。」女同學聳聳肩說道。

「那你呢？」子君問：「你不是舊團員嗎？」

「我是副團長，負責通知新團員今天社團活動取消。」女同學看了看她們，說：「你們也是新團員？今天先回去吧！」

「那我們甚麼時候可以上朱老師的繪畫課？」

「我也不知道，顧問老師會聯絡團長。」副團長說。

子君呵一口氣，對小葵說：「沒辦法，只好回去了。」

「等一下。」小葵叫住子君。

「怎麼了？」

「為甚麼你們不用廣播播報繪畫社暫停活動？朱老師不是請假對嗎？她是不是發生甚麼事了？」小葵連串地問了副團長幾個問題。

「哦……我也不清楚呢！」副團長顯得很為難，支吾地回道。

「小葵，你為甚麼這麼問？」

「我們學校有廣播社，為了方便通知，讓廣播社同學直接通報大家不就行了嗎？為何要一個個去通知團員？另外，顧問老師一般不會介入社團事務，現在由顧問老師聯絡團長，必定是朱老師有事。」

子君聽了也覺得有道理，馬上露出偵探般的犀利眼神，問道：「你們是不是有甚麼不可告人的事？」

副團長望了望後面幾位正在練習的同學，回過頭，無可奈何地小聲回覆道：「其實，朱老師被勸退

了。團長為了跟舊團員說明才會逐一到班上通知。」

「勸退？甚麼意思？」子君看著小葵。

「就是說，朱老師離開學校了，以後不能再到水星小學教畫。」小葵解釋道。

「為甚麼？朱老師做錯甚麼事了？」子君激動地詢問。

副團長遲疑一下，終於吐出實情：「校方懷疑朱老師竊取了一幅畫。」

「甚麼？朱老師偷畫？」

子君不小心太大聲，引來其他社員的側目。

第五章
密室偷畫事件

可樂在田徑隊練習時，看到小葵和子君走過，馬上離隊追上她們。

「喂！你們不是在上繪畫課嗎？怎麼跑來這裡？」

小葵正想著要不要跟可樂說時，子君已經迫不及待地全盤托出了。

可樂知道後驚訝得張大嘴巴，不能置信的模樣，但下一秒立即興奮異常地問道：「水星小學竟然有偷畫賊？而且還是老師偷的畫？」

「是啊！水星小學最近真的很多事。上回才發生機械人破壞事件，現在又來個更勁爆

的偷畫事件！」子君盤起雙手：「看來，又是我們華麗富豪愛因斯坦偵探社出動的時候了！」

「是福爾摩斯雨果神探愛好會才對！」可樂糾正道。

「不，一點兒氣勢都沒有，是華麗富豪愛因斯坦偵探社！」

兩人又在為偵探社的名字爭執不休，小葵終於無可奈何地說：「我覺得兩個都不好，又長又不容易念，而且沒有神秘感。」

「那你說要取甚麼好？」

小葵想了想，說：「SX301怎麼樣？ SX是水星小學的拼音縮寫，301則是學校門牌號碼。」

「為甚麼用這個？都沒有偵探的意思。」子君表示不贊同。

「其實我是從小行星命名方式取得靈感，在哪裡發現小行星就取那個城市做為名稱，加上序列編號。我們三個在水

星小學相聚，並在這裡組成偵探小組，因此，就使用水星小學名稱和門牌號碼作為代號。」小葵解釋道。

「嗯……沒有偵探的話還是不太對……」子君似乎很執著偵探兩個字。

「SX301！」可樂睜大著眼念道：「念起來很有型，好像某個太空探險隊的代號！」

「我們是偵探社，不是探險隊……」

「不如叫SX301偵探團怎麼樣？」小葵提議道。

「好！就叫SX301偵探團！哦，對了，我們應該做一個徽章！就像真正的偵探社一樣！」可樂馬上提議。

「徽章？」子君一聽到徽章，態度馬上一百八十度轉變，「最近我爸爸帶回一種特別的小型對講機，附有追蹤功能，只要放在徽章後面，就可以隨時保

持聯繫，還能知道各自的位置了！」

「哇！太酷了！好像真的偵探！」可樂興奮得手舞足蹈起來。

「請把好像這兩個多餘的字去掉。我們本來就是偵探！」子君糾正可樂。

他們一邊走一邊討論偵探三人組的名字，來到一座裝潢簡潔大方的白色建築前方。

「這是甚麼地方？」可樂問著，好奇地打量這座肅穆的建築。

「你在水星小學讀了那麼多年，居然不知道這是甚麼地方？」子君沒好氣地說。

「子君，這裡就是辦畫展的場地嗎？」小葵問。

可樂恍然大悟地倒吸口氣，道：「這就是案發現場！」

「對，《如何成為真正的偵探》裡頭提到，一個偵探想要推理出事件的來龍去

脈，必須親自到現場觀察。所以我們現在就要到偷畫現場調查。」小葵說明道。

「哇！我們真像真正的偵探啊！」可樂喜滋滋地說。

「都說了把像字去掉！我們本來就是偵探！」子君提醒道。

可樂顯出篤定的眼神：「嗯，現場調查！我一定要找出小偷偷畫的蛛絲馬跡！」

「那還等甚麼？趁現在還沒有閉館，我們快進去看看！」

一向急性子的子君說著，急匆匆走向這座白色建築。

他們進到裡面，迎面就是展覽廳，展廳旁邊有一個氣派的

講堂，再過去是供學生娛樂、打球的活動廳。

「逸軒堂？」小葵念出展廳上方的水墨畫題字牌匾。

「這個展廳是由畫家鄧逸軒贊助建成，因此命名為逸軒堂。」子君說。

這時有個老伯從活動中心提著掃帚出來，看到他們後走過來說：「你們是要來看畫展嗎？這裡暫時不開放。」

「阿麥老伯，我好像遺漏了一個髮夾在裡面，請通融一下，讓我們進去找找看可以嗎？」子君懇求道。

阿麥老伯是學校的校務負責人，除了管理清潔工作，也負責保安等事務，據子君說，他已經在這兒工作了一輩子。

「這樣啊……你們是繪畫社的社員嗎？」阿麥老伯盯著他們。

子君和小葵點點頭。

「那你們應該知道這裡發生甚麼事，現在都不允許其他人進去觀看了。」

「我當然知道，不過我真的很喜歡那個髮夾，請你通融一下好不好？」

阿麥老伯好像很為難，最後他經不起子君的哀求，說道：「好吧！快要閉館了，你們動作快一些。」

阿麥老伯說著，走去前面將櫃檯的展覽宣傳單張收起來。

小葵馬上過去向阿麥老伯要了一張。

走進展廳後，可樂問道：「你要這個做甚麼？」

「這樣才能知道被偷掉的畫是怎樣的啊！難道你以為被偷的畫還在裡面嗎？」子君翻了一下白眼。

可樂拍一下頭，不好意思地說：「對哦！呵呵，我一時糊塗了。」

「一點兒偵探精神都沒有，你可別跟人家說你是SX301偵探團的團員。」子君趁機調侃可樂，然後她若有所思地走去查看，「呵，到底是哪一幅畫被偷呢？」

展廳四周牆壁掛滿了畫，每幅畫旁邊都有附上解說。

「還用說？當然是有解說但牆壁空空如也的那一幅囉！你不會不知道吧？」可樂搶著表現自己的偵探頭腦，怎麼都要扳回一城。

「我當然知道，只是隨口問問而已。」子君趕緊不服輸地說。

兩人對看一眼，眼神爆發競爭的火花，馬上衝去查找失竊畫作。

他們一個從左邊找起，一個從右邊找，結果那幅被偷的畫作正好位於屏風遮擋的正中央！

兩人幾乎同時發現，然後快速地從兩側衝過去，差點兒撞到一塊兒！

他們狼狽地避開對方，順勢跌坐到屏風前的長椅上。

「是我先發現的！」可樂趕忙指著空空的牆壁說。

「是我才對！這幅畫名叫《貓之舞》。畫家是鄧逸軒！」子君爭著向小葵說明時，發現新大陸般瞠大了眼：「哎呀！原來被偷的畫居然是鄧逸軒的畫啊！」

子君趕緊站起來搶過小葵手中的展覽解說來看。

「哇！鄧逸軒是名畫家，他的畫肯定很值錢。」可樂也驚歎不已地說。

小葵瀏覽周遭，說道：「鄧逸軒畫家只展出一幅畫，想不到就被偷走了。」

「這名小偷還真識貨。」子君看著解說一面說道：「鄧逸軒畫家已經很久沒有畫作展出，難得參與畫展，想不到畫作就被偷了。」

子君看著那面空空的牆，感歎道：「照我說，鄧畫家太大意了。明知道自己的畫那麼值錢，不應該選擇在這種保安設備不嚴密的地方展出。」

　　「這裡是學校範圍，鄧畫家也想不到會發生這種事吧？」可樂說。

　　「這麼說來，偷畫賊也許跟水星小學有關。」小葵推理道。

　　「對啊！不會是學生家長吧？哦，我知道了！會不會正是繪畫社的團員？剛才副團長也說了，為了要訓練同學導覽展場和畫作，昨天只開放給繪畫社團員到場參觀，今天才第一天開幕呢！」

　　「看來這畫展不用舉行了。還沒開幕名畫家的畫就被偷了。」可樂擺擺手，好奇問道：「可是，校方怎麼會認為是朱老師偷的畫？」

「昨天讓繪畫社團員導覽後，朱老師負責關門，她是最後一個離開展廳的人。今早顧問老師帶著校長來視察展場時，那幅畫就已不翼而飛，不是她還會是誰？」子君推論後，馬上著急否認道：「不不不，朱老師怎麼可能會做這樣的事？」

「朱老師是最後一個離開展廳的人，也就是說，門鎖上後，再沒有人進去過，直到隔天早上顧問老師開鎖時才發現畫不見……」

小葵推敲著，撅起了嘴，摸摸下巴。她在思考問題時總是這樣。

「難道真的是朱老師偷了名畫家的畫？」可樂說著，緊緊皺起了眉頭。

小葵突然想到了甚麼，走去查看展廳四周。

「怎麼了？小葵你發現甚麼了嗎？」可樂著急地緊跟過去。

只見小葵走到展廳後方，拉開布

簾，仔細查看那兒的幾片半窗。

「難道有外人跑進來偷走畫？」子君說著也趕緊過去查看。

他們把展廳後方的六片半窗細細檢查了好幾遍。

「這兒的窗是平開把手窗鎖，從裡面關上後，有鐵片擋著，外面應該沒辦法打開。」小葵說。

可樂推敲道：「六片窗戶都關得好好的，也就是說，不可能從外面進來偷畫，對吧？」

「展廳大門關上後，不可能有人進得來。」小葵點點頭，慎重地宣布：「所以，如果不是朱老師偷畫，這就是一宗密室偷畫事件。」

「密室偷畫事件？」

子君和可樂兩眼同時放射出光芒。

第六章

犯案動機

SX301偵探團停在一棟單層排屋前面。

子君對兩個伙伴說道：「先說明，我可不是承認朱老師是偷畫賊才一起去探訪她哦！」

「一點兒偵探精神都沒有，你可別跟人家說你是SX301偵探團的團員。」可樂把剛才子君說他的話一字不漏地還給她。

「你！哼！我沒有偵探精神難道你有？」子君轉向小葵，「我只是認為朱老師不可能監守自盜那麼笨。小葵你說對不對？」

「《查案的基本態度》這本書裡頭提到，案件調查中，一定要先跟事件相關人員查問，因為

他們是最直接接觸案件的人。我們目前對案件完全沒有掌握，現在在這裡猜測誰是犯人是沒有意義的，走吧！」小葵說著，走向屋子。

「嘿，小葵這樣才是身為偵探的態度！你啊……」可樂似乎想不到形容詞來說子君，於是轉而說：「對了，小葵竟然記得那麼多偵探書裡的話，太帥氣了！」

「小葵外婆家閣樓可是滿滿的偵探推理書籍，她肯定看過很多偵探書才有辦法引用書裡的話。」

「哇！那我改天要去借《查案的基本態度》來看！」可樂說。

「你為甚麼要跟我爭同一本？」子君挑高了眉說。

「我先說的當然是借給我。」可樂說。

「我先想到的當然是借給我。」

「喂，你們還不過來？」小葵在門口叫喚他們。

子君和可樂趕緊過去。

小葵按了門鈴，很快地，有人應門走出來。

那是一名二十歲出頭的女子，打扮很樸素輕便，身上掛著畫畫用的圍裙，裙子上沾了些墨漬。

「你們要找朱老師嗎？你們是誰？」女子問。

「哦，我們是朱老師的學生，想來問老師一些事——」

小葵還未說完，朱老師就從裡屋走了出來，欣喜地招招手說：「哎，原來是你們啊！快進來吧！」

朱老師的熱情讓他們覺得很不好意思，因為他們可不是來做客的啊！

他們跟著朱老師進去屋裡。

客廳有幾位中年男女在畫著

水彩畫，朱老師跟他們點一下頭，讓他們繼續畫，就帶小葵他們走向一道長長的迴廊。途中有個敞開大門的房間，裡頭有幾名年齡參差不齊的青少年在習字。朱老師囑咐剛才那位穿戴圍裙的女子繼續指導學生練習，就過來領他們去後方寬敞的中廳坐下。

「不用客氣，把這裡當學校或家裡就行。」朱老師說著，過去廚房準備茶水。

小葵和伙伴打量四周。

老師的家比外觀看起來大許多，室內裝潢雅致大方，家具和擺設都很典雅，另外，牆上也掛著滿滿的畫，四周還種植了賞心悅目的綠葉植物。

「好想在這裡學畫畫呢！」子君忍不住說。

「這裡的確很舒適，感覺能靜下心來。」小葵也贊同地說道。

「別忘了我們來這裡的目的。」可樂提醒道。

這時老師端了茶水和杯子過來，「天氣熱，喝點冰茶吧！」

大伙兒戰戰兢兢地拿起杯子，可樂更是緊張得一口灌下。

「老師，你在家也開畫畫班嗎？」小葵試探地問道。

老師笑了起來，「是啊！在這個小鎮，靠畫畫謀生不易。況且，我就只會教畫。我在水星小學的繪畫社導師是兼職，我的正職是畫畫課室老師。」

「你們看到那面牆嗎？」朱老師指著廳堂的其中一道牆，說：「那些都是我的學生送給我的作品。」

他們三人好奇地走去欣賞。

那裡掛著的圖畫，有些畫得很有童趣，有些是精緻的油畫，看

來朱老師的學生年齡跨度很大。

畫旁邊有些寫上感謝的話語，還有幾幅寫著感謝老師讓他愛上畫畫的文字。

「看來朱老師很熱愛畫畫教育，也很受學生歡迎。」小葵心想。

「你們……應該不是來學畫的吧？」朱老師突然盯著他們問道。

子君和可樂顯得很慌張，不知所措地看著小葵。

小葵咽了下口水，回道：「是的。老師，我們想知道，關於那幅消失的畫，你有甚麼看法？」

小葵說得非常得體，子君不禁鬆一口氣。

「謝謝你們的關心。」朱老師臉色平靜地說：「我知道你們一定很想知道校方為甚麼懷疑我是偷畫賊。」

「不，不。老師，我相信你不是偷畫賊。校方真是太不尊敬你了，老師怎麼可能會偷畫呢？就算那幅畫多麼名貴，老師也不可能偷。老師根本不缺錢啊！而且就算老師再缺錢，也不可能偷畫。」子君趕忙幫著老師解釋，誰知好像愈描愈黑了。

「呵呵呵！」朱老師忍不住笑了起來，但她馬上正色說道：「不瞞你們，我家人最近需要動一個手術，費用相當高昂。」

三人都倒吸口氣，想不到老師居然承認自己缺錢。

第七章

藝術的價值

　　小葵和伙伴到朱老師家查探，朱老師竟然坦誠說出自己的難處。

　　「原來老師你有犯案動機啊！」可樂率直地說道。

　　「是的，你說得對。不過，有犯案動機不代表就會犯罪，不是嗎？」朱老師溫和地說。

　　「對，對！朱老師怎麼看都不像會偷畫的人。」子君趕緊說。

　　「偷畫是不需要有樣子看的。」可樂說，「子君，我以為你只是胡亂推理，想不得你連基本的判斷能力都沒有。」

「我沒有你有嗎？是誰說小葵看起來就不像嫌疑犯*的？」

「你們都別說了。」小葵看著老師，認真地問道：「老師，你是最後一個離開展廳的對嗎？」

「是的。」

「你是否確定，《貓之舞》這幅畫還在展出的牆上？」

「我有檢查一遍展廳，展出的畫都沒事才鎖門離開。」

「你鎖門時，有人看見你嗎？」

「有，阿麥老伯親自看著我鎖上展廳。」

「那你離開後，就直接把鑰匙放到辦公室裡嗎？」

「是啊！辦公室有老師看到我，他們可以為我作證。」

---

*上一集機械人被毀壞事件的嫌疑犯是小葵。

小葵摸著下巴，思索道：「到這裡為止，老師都不可能犯案。」

　　小葵望了望偵探團伙伴，伙伴們靠過來正想開始討論，但小葵突然出手阻止了他們。

　　「老師，不知道你方便讓我們先去討論一下嗎？」小葵禮貌地詢問道。

　　「沒問題。」朱老師理解地點點頭。

　　於是，SX301偵探團走去一旁的流水池邊推理案件。

　　「為甚麼要過來這邊推理？」可樂傻傻地問道。

　　「在朱老師面前推理她是犯人，不太禮貌。」小葵說。

　　可樂突然一臉興奮，說道：「啊！小葵，你是不是又要像雨果神探說過的那樣，假設結論……」

　　「假定結論，追溯推理。」小葵接

著說完。

「哦，現在假設朱老師是犯人，她要怎麼偷出畫來，是這樣的意思嗎？」

小葵點點頭。

「可是老師說，她鎖門的時候檢查過，畫還在展廳裡面。之後她就把門鎖上，阿麥老伯可以幫她作證。那老師就不可能是犯人！」子君興奮地推敲道。

「那犯人到底是誰？」可樂懊惱地抓抓頭。

可樂突然睜大了眼，傻乎乎地問道：「不會是阿麥老伯吧？」

「呵？」子君露出不可置信的模樣，「阿麥老伯根本沒有進去過展廳，怎麼偷畫？」

「哦，可是他負責打掃，他是最可能進出展廳卻沒人注意到的人哦！」

「你推理得不錯，不能排除任何跟案件有關係的人，我們明天再去詢問阿麥

老伯。不過，現在假定老師是偷畫賊，所以我們要推測老師怎麼把畫偷出來。」

「哦，這樣啊……老師離開學校後，有沒有可能回去偷畫呢？」可樂推敲道。

小葵頷首，道：「對，如果在老師鎖門前，畫還在展廳內，那她必須在隔天顧問老師再次打開展廳的門之前，把畫偷出來。」

「怎麼偷？老師又沒有鑰匙？」子君幫著排除對老師不利的疑點，她可是站在老師那方的啊！

他們想了想，想不出任何頭緒，於是小葵說：「我們先去確定老師離開展廳後的動向吧！」

「請問老師離開展廳後，去過甚麼地方嗎？」小葵問。

朱老師呵口氣，回道：「我之後有教課，所以我離開展

廳，把鑰匙放回辦公室後，就匆忙趕回家。」

「那你教課到幾點？」

「平常我只教到九點，不過昨晚有兩位年長的學生說要補課，所以直到十一點我才休息。」

「之後你去了甚麼地方？」

朱老師搖搖頭，「沒有。我洗好澡就上樓睡覺了，我的助理可以幫我作證。」

「助理？」

「就是剛才幫你們開門那位，負責幫我教畫和處理生活上的一些事，她就住在樓下。」

小葵繼續問了一些細節，就向老師告辭。

他們三人走出朱老師的家時，可樂撫著肚子，嚷著餓扁了。

「今天SX301偵探團正式成立，是個

值得紀念的日子，我請你們去我最愛去的優之家Patisserie喝下午茶吧！」子君眨著眼，開心地說。

優之家Patisserie是一家法式甜品屋，店鋪位於古越鎮的高級住宅區，據子君說那兒距離她家不遠。

他們跟著子君走進優之家Patisserie，店內的裝潢極盡華麗精緻，他們度過一個貴族般的下午茶時光，享用了香甜的熱紅茶及子君極力推薦的栗子芋泥蛋糕。

「子君，你時常來這裡喝下午茶嗎？」可樂邊大口吃著蛋糕邊問道。

「嗯，這裡是我每年生日父母必定帶我來的蛋糕店。店長都跟我們成為朋友了呢！」子君說著，又招手點多一些蛋糕。

「對了，你們說，我們用多少

時間才能找到偷畫賊呢？」可樂問。

「這可難說，現在我們對偷畫賊毫無頭緒。」

小葵提議道：「不如定一個期限，比如三天內找出犯人，怎麼樣？」

「就像雨果神探一樣！他每次辦案時都會設一個期限，說七天內找出兇手，結果他一定會在期限前破案，太酷了！」可樂說著興奮得站了起來。

「喂，注意禮儀。」子君板著臉提醒道。

可樂趕緊呵呵一笑，抓抓頭顯得很不好意思地坐下來。

小葵向四處察看有沒有其他顧客望過來時，發現店內幾乎每張桌子旁邊的牆上都掛著一幅畫。

「你們覺得這些畫怎麼樣？」小葵問。

「哦……這些啊……」子君凝視他們

牆邊的畫，想了想說：「應該不怎麼值錢。」

「喂！你怎麼那麼愛錢？」可樂鄙夷地睨視子君。

「我是實話實說。如果很貴，店家不可能買那麼多來裝飾店面。你說是不是，小葵？」

「的確。不過，我覺得這些畫有一些特點，嗯……感覺很陽光，看著心情都變好了。」

「小葵這麼說，我也覺得不錯，看了好舒服。」子君盤起雙手欣賞牆上的畫，一副藝術鑒賞家的模樣，「畫家作畫時心情應該很好，不然怎麼可能畫出那麼令人心曠神怡的畫？」

「這正是我想說的。雖然價格不高，但我想，畫家本人還是很享受畫畫的。」小葵說。

「不過，畫出來的畫不值錢，對畫家來說，應該不是一件好事。」子君說。

「誰說的？你沒聽過藝術不能用錢來衡量嗎？」可樂理直氣壯地說。

「那要用甚麼來衡量？」

「這，梵高的畫也是死了以後才值錢的，那你可以說他生前的畫不值錢就是不好嗎？」

「死後很值錢，所以還是值錢啊！」

可樂呵了一口大氣，「照我看，你根本不懂畫。」

「我不懂你懂？」子君挑起了眉頭反問。

小葵見他們又要開始抬槓，趕緊說：「這蛋糕真的很好吃。子君，我可以買一片給Jane嗎？」

「當然可以！不用買，都說了我請客！」

「那我也想帶一片給我妹妹，可以嗎？」

「你啊……」子君翹起頭，「不行！」

「啊?為甚麼小葵可以我不可以──」

「要兩片才行!你不是有一對雙胞胎妹妹嗎?」

可樂轉憂為喜,笑呵呵地說:「還是子君你想得周到,可可和可愛一定開心死了!」

可可及可愛是可樂的雙胞胎妹妹,就讀鎮內的天天幼稚園,長得人如其名,非常可愛。

他們邊聊邊吃,走出店外時天空已變成橙黃色,於是他們趕緊各自回家。

此時,最裡面座位的某位顧客似乎聽見了他們的對話,他望著牆上的畫,微微牽動了嘴角。

第八章
不一般的偷畫事件

小葵回到珍妮理髮時，聽見外婆的熟客在討論不停。

「照我說啊！偷畫的老師一定要嚴懲。就算把畫拿回，學校也不能再聘請這種品德敗壞的老師。」

「現在還不確定是不是那位老師偷畫呢！」

「肯定是了，不是她還會是誰？她可是最後一個離開展覽廳的人。」

「很難說，萬一其他人有備用鑰匙呢？」

「哎呀！對啊！備用鑰匙。那偷畫的也可能是其他老師或員工了！」

幾位顧客七嘴八舌地討論著，理髮院好像變成了偵探劇場。

小葵不敢參與她們，吃了晚飯趕緊跑上樓去。

「古越鎮果然甚麼事都立即傳開來啊！」小葵對小鎮人們掌握消息及傳話的速度感到不可思議。

她進房後，拿出母親給她的向日葵筆記本，在第二頁寫上：偷畫事件。

「現在唯一可以確定的，是偷畫賊肯定是知道展出《貓之舞》這幅畫的人。不過，宣傳單張一個月前就已派發，知道展出這幅畫的人可以是任何人。」

「嗯……範圍太大了。如果說有複製或備用鑰匙，那偷畫的就不一定是朱老師，而是任何有可能複製鑰匙或擁有備用鑰匙的人。不過，

如果是這樣，應該可以透過學校的CCTV查看誰在朱老師離開後回到展廳，只要檢查一遍學校的CCTV就能抓到犯人了。」

小葵將她的推理寫在筆記本上。

「不可能這麼簡單就抓到偷畫賊吧？」

正想著，她的手機發出訊息通知鈴聲。

「是子君？」小葵看著訊息顯示。

子君剛回家就在社交媒體開了個SX301偵探團群組，並把小葵和可樂都拉進群裡去了。

小葵點開訊息查看。

「明天早上六點半到水星小學正門口集合。」

「那麼早？」小葵不禁感到疑惑。

「睡不醒啦！遲一點可以嗎？」這時可樂寫了訊息。

「不行！我們SX301偵探團有個重要任務！」子君寫道。

「甚麼重要任務？難道是

——」小葵還未詢問，子君已快快輸入：「去檢查CCTV！」

「果然是這件事！」這時小葵耳邊有個聲音說道，嚇得小葵差點兒沒從椅子上掉下去！

靈貓卡塔出現了！

「機械人摧毀案」完結至今已經過了一星期，卡塔終於再次出現。

「你……可以不要突然出現來嚇人嗎？」小葵心有餘悸地說。

只見靈貓卡塔龐大而虛幻的身軀懸在半空，煞有威嚴地凝視小葵，道：「我當然不會隨便出來。」

雖然不是頭一遭看見卡塔，小葵還是被他那巨大的身影及莊嚴的形態威懾住。

小葵儘量讓自己鎮定下來，呼

口大氣，問道：「是因為偷畫事件？」

　　「算你聰明。只要有案件發生，就是我卡塔出來的時候。」

　　卡塔說著，優雅地落於地上。

　　「為甚麼有案件你才現身？」

　　「不是說了嗎？我是愛迪亞拉布克凡探偵舍，名號簡稱卡塔。我負責的職務範圍是追查及解決各種類型的案件。」

　　「簡單來說，你是——偵探之神？」

　　「你要這麼理解也可以。」靈貓卡塔毫不在意地晃晃頭，繼續說：「關於這次的案件，你的真正看法是甚麼？」

　　小葵側著頭想了一想，回道：「現階段還不能說明甚麼。不過，我有一種感覺，透過學校的CCTV應該無法偵察到偷畫賊。」

　　靈貓卡塔露出別有意味的笑

容，問道：「如果真的是這樣，你要怎麼辦？」

　　小葵思索了下，說：「不知道。我現在暫時想不到任何辦法。」

　　「也是。這並不是一般的偷畫案件。」

　　小葵覺得卡塔似乎暗示甚麼，趕緊問道：「難道你知道誰是偷畫賊？」

　　卡塔哈哈兩聲，回復陰沉的表情，說：「我又不是無時無刻監視古越鎮每一個人，怎麼可能知道？」

　　小葵失望地呵口氣，心想：「還以為卡塔是偵探之神，看來並不是。神明應該是無所不知的吧？」

　　「不過，我倒是可以預測到某些事件的發展和趨勢。」卡塔又說。

　　「你預測到甚麼了？」小葵緊張問道。

　　「我不能告訴你。不過，如果你是我的使者，就應該懂

得怎麼去做。」

「甚麼？我應該懂？可是事實上我並不懂啊！況且，我並不是你的使者！」小葵否認道。

「你忘了卡片上的預言詩嗎？你是貓之使者，也就是我卡塔的使者。」卡塔強調道：「你以為要當我的使者是件容易的事嗎？」

「我沒有說容易。」

「那可是要有些天賦的。」

「天賦？甚麼樣的天賦？」

「對事件敏銳的洞察力。簡單來說，你有查案的小小天賦。」

雖然小葵並沒有立志當偵探，但聽到卡塔這麼說，喜歡推理的她還是感到雀躍的。

小葵按捺住雀躍的心，撫著下巴說：「可是我真的不知道怎麼做。」

「我剛剛已經給予你暗示了，你自己想想吧！」

說著卡塔的形影漸漸模糊。

「剛才？哦，對了，你說這不是一般的偷畫案件。可是，不是一般是甚麼意思？」

小葵還想追問，卡塔已消失無蹤。

「真是的，為甚麼每次沒有說清楚就不見了？」小葵呵口氣，極力回想剛才卡塔說過的話，「不是一般案件⋯⋯這句話到底暗示了甚麼？」

門外這時突然傳來咯咯的敲門聲。

「小葵，小葵？」

「是Jane！」小葵趕緊合上向日葵筆記本，過去開門。

外婆站在門口，狐疑地盯著她，然後環顧小葵房內，道：「你在跟誰說話？」

小葵鎮定下來，說：「沒有啊！我在溫習功課。」

「溫習功課需要那麼大聲說話？」

外婆邊說邊走了進房間，突然掀開窗簾，沒發現異樣，接著又看向小葵的衣櫥，小葵馬上擋在前方，跟Jane大眼瞪小眼。

「讓開，你藏了甚麼在裡邊？」

「沒甚麼。」

外婆一個後退過去掀開被子，然後趁小葵走離衣櫃時，以極快的速度衝過去打開衣櫃！

衣櫃內當然只有衣物。

小葵得意地笑笑說：「外婆，你是不是時常跟媽咪玩這種遊戲？」

外婆這時才哈哈大笑，道：「你怎麼知道？」

外婆笑容祥和地拉著小葵坐在床邊，感慨地說：「好久沒有做這種突擊檢查的事了。」

「突擊檢查？好像很好玩。為甚麼需要突擊檢查呢？」

「以前啊，你母親時常看書看

太晚，不捨得睡覺，我就會來個突擊檢查，看她是不是又買了甚麼偵探書藏在房裡。」

「哦，原來還有這樣的事。」

「我也不是不讓她買，只是她一看就非常沉迷，吃飯睡覺都不記得了。」

小葵想像母親廢寢忘食的模樣，覺得很新奇。想不到漫畫家媽咪還有這樣的一面啊！

「你母親就是個十足十的偵探推理迷。所以現在才會成為推理漫畫家。」

「Jane，你贊成媽咪當推理漫畫家嗎？」小葵很想知道外婆的想法。

「當然贊成啊！只要是你媽咪喜歡，又能堅持做下去的職業，我都沒有理由反對，對嗎？」

外婆說著，嘴角往上翹得高高的，「阿媛小時候就很愛畫畫，也得過很多獎。現在她的漫畫書有那麼多人看，還賣到國外去，我真的很替她高興。不過，她說要念

藝術學院時，她爸爸和祖父母可是很反對哦！」

「為甚麼？」

「一般人都認為畫畫不能賺錢。他們也是為阿媛的未來擔心才會反對，但最後當然反對不成功。」

「那又是為甚麼？」

外婆眨了眨眼，開心地說：「哈哈，因為有Jane支持她啊！所以說，你母親會成為漫畫家，有Jane我的一點功勞啦！」

小葵看著外婆，內心不禁有一點感動。

「不過啊，她做甚麼都好。」

「媽咪沒有成為漫畫家也好嗎？」

「嗯。」外婆點點頭，說：「只要認真地生活，開開心心，做甚麼都好。」

小葵覺得外婆真是最好的外婆。

第九章

親自查證

　　第二天，SX301偵探團一早來到學校集合，他們走向教師辦公室時，卻撞見一臉惺忪從辦公室走出來的陳秋千老師。

　　小葵仔細觀察老師，問道：「陳老師？你不會是昨晚留在學校沒回家吧？」

　　「你怎麼知道的？」陳老師雙眼掙脫睡意，驚訝地問道。

　　「我發現你穿著昨天上課時的穿著，加上你一臉睡不醒的模樣，手上還拿著飄著咖啡味的杯子，看來是在辦公室熬夜了。」小葵推敲道。

　　陳老師似乎頗為訝異。

「你說的沒錯。昨天因為偷畫事件，校長要我負責查探這宗事件。我去了好幾個地方，朱老師家裡、顧問老師家，還有阿麥老伯家等等，最後為了確定鑰匙有沒有被取走，留下來檢查這兩天辦公室的CCTV片段，看完已經凌晨三點，於是索性在辦公室睡一下。」

陳老師說著，打了個慵懶的哈欠。

「請問老師有沒有發現偷鑰匙的人呢？」子君緊張問道：「是不是另有其人？」

陳老師呵口氣，晃晃頭道：「我也希望能看到其他人走進辦公室偷鑰匙，但結果並沒有。鑰匙從頭到尾都好好地掛在那兒。」

「那畫展展廳有沒有CCTV？」小葵問道。

「展廳內沒有，不過門口是有裝一個CCTV。當然，我也把那個CCTV查看一遍了，放學後

就沒有任何人進過展廳，直到第二天顧問老師帶著校長進去。」

「那就是說，前天放學後到第二天，沒有人進過展廳？」小葵摸摸下巴，十分疑惑。

「是啊！害我浪費了那麼多個小時查看，還沒時間回家睡覺。」老師說著又打了個大大的哈欠。

「沒有人偷鑰匙，『偷畫賊』難道根本不存在？」可樂詢問道。

陳老師搖搖頭，「雖然不能確定，不過，如果沒有發現偷鑰匙的人，最後一個離開展廳並上鎖的人——朱老師，就是最大的嫌疑犯。」

「那要怎麼辦？朱老師絕對不可能偷畫！」子君著急地說。

「如果最後無法確定，也許需要出動警方了。」陳老師無奈

地呵口氣，「不過校長說儘量不要驚動警方，我們私下解決最好。」

陳老師抓了抓頭，懊惱不已地說：「現在問題是，畫不可能無端端消失。朱老師看起來又不像是會偷畫的人，唉！」

案情似乎膠著了，毫無進展。

「想不到水星小學會發生這樣的事。我在這裡教書那麼多年，從來沒遇過這樣的事。如果學校有人偷畫，我們教師應要反思⋯⋯是否做得不足⋯⋯」

陳老師碎碎念不停，她可真是話匣子一打開就合不起來的「長氣袋」，直到小葵提醒她是否還沒吃早餐，她才急匆匆趕去食堂。

陳老師走遠後，可樂問道：「怎麼辦，小葵？到底誰才是偷畫賊？」

「朱老師肯定不是偷畫賊。」子君再

次聲明道。

　　小葵想了想，說：「我們必須親自問過所有跟事件有關的人。」

　　可樂馬上附和地敲了個響指道：「對啊！雨果神探也是這樣做的，不管別人是否已經調查過，他必須親自查證一遍。」

　　「親眼查證，揪出蛛絲馬跡！」兩人同時說出雨果神探裡面的經典句子。

　　他們來到阿麥老伯的休息室，找到正在窄小座位上吃著早點的阿麥老伯。

　　「阿麥老伯，請問前天你看到朱老師鎖門對嗎？」

　　「怎麼又來問？」

　　阿麥老伯皺起眉頭，似

乎不太情願跟他們配合。

「朱老師鎖好門後，是不是把鑰匙交給你？」

「你不要亂說，我可沒有拿展廳鑰匙，是朱老師自己放到辦公室的。」

「那第二天顧問老師是自己到辦公室拿鑰匙嗎？」

「當然。我可管不了那麼多事。學校有活動或展覽，都是老師自己負責管理鑰匙，我只是個雜務負責人。」

小葵感到阿麥老伯興致缺缺的，跟前天看見他時有點出入，試探地問道：「阿麥老伯，你是不是被懷疑了？」

阿麥老伯瞪大了眼，說：「小孩子別亂猜測，我只是一名雜務負責人，不可能跟朱老師有甚麼關聯，你們快走吧！」

阿麥老伯下了逐客令，小葵他們無可奈何地退了出來。

　　「阿麥老伯的態度為甚麼這樣？」可樂感到很疑惑。

　　「對啊！昨天他還很親切。」子君也說。

　　「看來，一定有甚麼事情發生了。走！」說著小葵轉身跑開去。

　　「去哪裡？」可樂反應不過來地問。

　　子君噴一下，「還有去哪裡，當然是去找顧問老師啊！」

第十章

名畫的迷思

顧問老師是一名年約二十五六的妙齡女子，她一臉苦惱地看著他們說：「我已經夠煩了，你們就不要來煩我了吧！」

SX301偵探團當然不可能輕易放棄，小葵試探地問：「請問老師，如果找不到偷畫賊，學校是不是會被提告？」

顧問老師馬上歎一口氣，說：「只是這樣還好。」

小葵聽出顧問老師話中有話，她想起阿麥老伯反常的態度，趕緊問道：「難道鄧逸軒畫家要提告的，不是學校，而是阿麥老伯？」

顧問老師露出驚訝的神情，說：「你怎麼知道？」

接著她又說：「真的很不合理。鄧畫家說，要是找不回畫，就要告朱老師和阿麥老伯。你們說是不是很荒謬？朱老師就算了，她是最後一個離開展廳的人，嫌疑最大，但阿麥老伯只是個負責雜務的管理人，怎麼都不可能告他啊！」

「他是不是覺得朱老師跟阿麥老伯聯手偷畫？」小葵問道。

「你怎麼好像在現場聽到一樣？難道你昨晚也在學校聽到鄧畫家的話？」顧問老師感到不可思議。

「我們剛才去找過阿麥老伯。他提到跟朱老師沒有任何關聯，所以我才會猜測鄧畫家誣告他們聯手偷畫。他認為朱老師鎖門前將畫交給

了阿麥老伯，因為阿麥老伯要把畫拿出展廳可以有很多掩飾的方法。」

顧問老師一副看外星人的模樣打量小葵，小葵這才自我介紹道：「我們是SX301偵探團成員，為了找出偷畫賊，我們正在詢問相關人士。」

「哦……原來你們的興趣是偵探遊戲。以小學生來說，你們的邏輯推理能力的確不錯！」顧問老師說著，若有所思地盯著他們。

「哈哈！是啊！老師如果有甚麼需要幫忙查問，可以找我們哦！」子君馬上幫他們偵探團推銷，「我們是二年級墨班的學生，我叫子君，他是可樂，當然還有她，小葵。我們是SX301偵探團！」

「我剛才已經說過了。」小葵拉住子君，要她低調些。

「呵呵，能夠熱衷於興趣

是非常幸福的，你們真的要慶幸能自由自在地追求你們喜歡的事。」顧問老師欣慰地說。

「請問老師，你是第一個發現《貓之舞》這幅畫不見的對嗎？」小葵問道。

老師點點頭，回道：「嗯。昨天本來是畫展開幕的第一天。我跟校長一早去視察現場，因為這次畫展除了有鄧逸軒畫家和其他幾名畫家出席，還邀請了地方名人和收藏家來剪綵及參觀，我們必須確保展場沒有任何差錯。我安排妥當後，走到展廳最後方，才發現《貓之舞》不見了！」

顧問老師失落地歎口氣，繼續說：「這件事如果處理不當，對學校打擊很大。希望鄧畫家能大人有大量，不再繼續追究。」

「可是那麼珍貴的畫不見了，鄧逸軒畫家應該不會就此甘休

吧？」子君問。

「呃，雖然說是珍貴的畫，但鄧畫家還有許多幅更好的畫。我曾經在他畫室看過，他真的是非常有實力的畫家。」

顧問老師看到小葵他們不明所以的眼神，溫和地解釋說：「我也是希望大事化小，不然朱老師和阿麥老伯就太可憐了！」

大伙兒贊同地點頭。的確，要是找不到真正的偷畫賊，朱老師和阿麥老伯就要被提告了，雖然說不一定告得進，但朱老師的畫畫教室肯定受到很大的影響，也許以後都很難再繼續她熱愛的教畫事業，而阿麥老伯更是很可能因為被誣告而深受打擊。

「我會再去鄧逸軒畫家那裡請他高抬貴手。希望他不會把我趕出來吧！」

顧問老師苦笑著，然後說：「朱老師和阿麥老伯那裡我也會去

跟進，你們不要太擔心，可別為了查案忘了吃飯啊！哦，對了，現在繪畫社暫停活動，你們可以先去參與其他社團，只要跟團長說一聲，記錄下來……」

小葵覺得顧問老師要操心的事真多。

「看來當顧問老師也不容易呢！」小葵心想。

他們走出顧問老師的家時，可樂一個勁兒地稱讚老師。

「顧問老師真的太有愛心了！如果繪畫社重開，我也想加入呢！」

小葵也贊同道：「她那麼著急幫忙阿麥老伯和朱老師，的確是一位很熱心的老師。」

「怎麼辦？小葵，我們問了幾

個關係人，好像一點兒線索也沒有。這案件難道是傳說中的解不開的案件？」可樂懊惱地抓抓頭。

「誰說是解不開的案件？」子君盤起雙手，一臉勝券在握。

「你知道誰是偷畫賊了？」

小葵和可樂驚訝地盯著子君。

「雖然還不是百分之百肯定，但至少也有百分之九十九。」子君說。

「是誰？」可樂急切地問道。

「嘿，第一個到現場的，是誰？」

「嗯……你不是在說顧問老師吧？」小葵睜大雙眼瞄著子君。

誰知子君敲了下響指，道：「就是她！大家都以為最後一個離開展廳的朱老師是偷畫賊，殊不知第一個來到展廳的才是犯人！」

可樂和小葵對看一眼，他們知道子君又開始發揮她過於豐富的想像力了。

「難道你們不覺得顧問老師的態度怪怪的嗎？」子君推論道：「她啊，一定是跟某個偷畫集團合謀！趁著夜晚，從某個秘密管道把鄧逸軒畫家的《貓之舞》運走！」

「你是說，展廳有暗道？」可樂強忍著笑問道。

「對啊！要不然為甚麼CCTV沒有拍到？一幅畫始終不可能憑空消失，除非有隱形人。」

可樂終於忍不住捧腹大笑。

「不准笑！」子君黑著臉，繼續推理：「再不然，或許是屋頂？對了！通過屋頂就不需要鑰匙也可以進到展廳了！」

子君信誓旦旦地說：「為甚麼大家都沒有想到這點呢？唉，我真是為他們的智力感到傷心。」

可樂搖搖頭，道：「你看太多關於偷畫的電影了！」

「才不是！難道你們沒聽過『名畫總是會被偷走』這句話？你們知道嗎？許多名畫不是利用展館的暗道，就是偽裝打扮直接拿出展館，或者打破玻璃偷出去……愈是名貴的畫就愈可能輕易地盜走！」

子君興致勃勃地說著，兩個小伙伴當然沒有搭理她。

第十一章

神秘男子

　　這晚，小葵輾轉難眠。雖然問過幾個關係人，但小葵完全無法知道誰才是偷畫賊。

　　「到底要怎麼找線索呢？」小葵正感到完全沒有頭緒，此時訊息提示音又響起。

　　「這麼晚了，一定是子君。」

　　子君是個急性子，想到甚麼就要馬上告訴大家。

　　她點開手機：「明天下午鄧畫家邀請了爸爸到家裡聚餐，你們要去嗎？」

　　小葵眼睛一亮，趕緊第一時間回覆：「當然要！」

　　可樂沒有回覆，子君寫道：「可樂這

　　某個昏黃室內，一名男子伏在桌上，專注地做著事。

　　只見桌面上鋪著一張四方的畫布，男子在畫布的某個位置塗上乳膠，貼上亞麻布，用油畫刮刀壓在畫布上。

他一邊望著手機影片，一邊小心翼翼地壓著畫布。

這時他手機突然發出震動。他趕緊按停影片，點開電話問道：「怎麼了？」

對方的聲音從話筒傳來：「做得怎麼樣了？」

「應該沒問題把？我也不確定。」男子一副毫無自信的語氣。

「別擔心。會沒事的。」

「真的嗎？」男子顯得無精打采。

「相信我。」

「嗯……真的謝謝你。」

「跟我客氣甚麼？」

男子支支吾吾地回應一會兒，就結束通話。

他繼續按壓亞麻布，接著拿出電熨斗，非常小心地在畫布上熨燙。

第十二章

畫家的畫室

第二天，可樂睡遲了，很晚才知道SX301偵探團與畫家的午餐約會。為了遷就可樂，他們的集合時間從原本的十點鐘延後至十一點。

子君和小葵十一點未到就已抵達集合點優之家Patisserie門前，子君幾乎每過一秒就望向手錶，一臉氣呼呼的樣子。

「要不是那個貪睡蟲，我就可以請你們到我家庭院來個早餐約會了。現在他不只貪睡，還遲到……」

十一點過了幾分鐘，才看到可樂從街頭轉角以百米賽跑速度跑了過來。

子君得理不饒人地苛責道：「要是爸爸的車子開走了，可都是你的錯。」

　　「不會遲到的啦！你就是太緊張，現在趕去剛剛好！」

　　說著可樂馬上往左邊走去，但立即被子君拉了回來。

　　「走這邊！」子君指指右邊，可樂抓抓頭傻笑一下，三人就匆忙朝子君家裡走去。

　　由於通往子君家的道路是坡道，他們走了才五分鐘，卻已氣喘吁吁。

　　子君父親的黑色七人車等在門口，引擎已發動，子君趕緊叫喚著跑向父親。

　　「爸爸！我朋友到了！」

　　子君的父親身形中等，穿著一身西裝，臉色紅潤，他親切地向小葵和可樂招招手，完全沒有老闆架子地說：「快過來吧！可不能讓主人

家等我們哦！」

　　小葵和可樂靦腆地跟著子君坐上車。子君父親在前座，他們三人在後座。

　　「等一下是自由餐會，我已經跟主人說了有幾個小朋友想參觀畫室。」

　　「伯父，不知道會不會有很多人？」小葵問道。

　　「呵呵，這不是正式開放的餐會，鄧畫家只邀請了我們和幾名老顧客罷了。」

　　小葵和可樂稍微安下心來。

　　「子君在家都被我們寵著，她有沒有很霸道啊？」子君父親忽然問道。

　　子君馬上抗議，「我一點兒都不霸道，只是有自己的想法。」

　　「哦……不會。」可樂晃晃頭，老實地「告狀」：「只是有時候想法有點太天馬行空。」

「喂！那是我的優點，我擁有豐富的想像力好嗎？」子君好不服氣。

「哈哈哈！你們果然是很好的朋友。」

「誰跟她是好朋友？」可樂和子君異口同聲。

「對了，我聽君兒說你們組成一個甚麼偵探團……」

「SX301偵探團！」子君提醒道。

「哦，SS301偵探團啊！」

「不是，是S，X，水星小學的簡稱。」

「好，好。總之你們有甚麼需要協助，儘管跟伯伯說。哈哈！既然是君兒的朋友，她有甚麼做得不好的你們就直接說她。」

可樂還想說甚麼，子君狠狠地瞪著他，可樂做個鬼臉便噤聲了。

這時車子駛上蜿蜒的山路，大伙兒頓時很有默契地靜默下來。除

了一大片的山林景觀，偶爾會有獨棟樓房映入眼簾。小葵看著這些佔地廣大的別墅，覺得好不現實。那麼大的家對於在城市長大的她來說是無法想像的，有種來到童話故事的感覺。

可樂一臉稱羨地欣賞著外面的風景，忽然他轉向小葵和子君，問道：「你們有看到昨天的熱門新聞嗎？」

「甚麼新聞那麼了不起？」子君盤著雙手說。

「原來你們真的不知道啊？」可樂趕緊靠向他們，說：「有一個國際仿畫集團被捕了，並搜出幾百張名畫的偽造品！」

「這跟我們這個偷畫賊案件有關係嗎？」子君問。

可樂聳聳肩，回道：「應該沒有關係。」

「那你說來做甚麼？」子

君撅起了嘴。

坐在前座的伯父似乎很意外，說：「想不到可樂也注意到這則新聞。」

「當然！仿畫可是嚴重的犯罪！」可樂煞有其事地說。

「的確。我們酒店從來不買仿畫，我們很注重智慧財產權，畫作可是職業畫家的唯一收入來源啊！」

「伯父，你們酒店也有購買鄧畫家的畫嗎？」小葵問。

「當然。他未成名前我就購買過他幾幅畫了，現在價值已經翻倍。呵呵，不過我買他的畫當然不是為了投資。」

「原來鄧逸軒畫家也有未成名的畫啊！」可樂說。

子君翻了個白眼，「難道你以為他一出世就是名畫家嗎？」

可樂沒有在意子君的吐槽，他似乎想到了甚麼，說道：「如果鄧畫家成名了，難保不會有人仿畫哦！」

小葵挑了挑眉，道：「你是說，鄧逸軒畫家可能被仿畫集團盯上嗎？」

子君天馬行空的推理模式馬上又啟動了，她興奮地說：「看吧，我就說鄧逸軒畫家的畫被集團偷走，他們一定是用專業的手法盜畫，然後再用秘密通道運出去，要不然怎麼可能沒有被CCTV拍到？再說了，一幅畫不可能憑空消失，你們也看過現場，那可是個密室……」

「等一下我一定要提醒鄧逸軒畫家，偷畫的很可能是仿畫集團的人，而不是朱老師或阿麥老伯。」子君洋洋灑灑說了一堆，「爸爸，你說我推理得對不對？」

子君的父親甚麼也沒說，一個勁兒地哈哈大笑，似乎很

讚許女兒。

　　這時，車子駛入一段鋪滿紅磚的直路，前方是一棟美輪美奐的獨棟樓房，有個風度翩翩的男子走了出來。

　　「歡迎，歡迎！好久不見了，歡迎來到寒舍作客！」男子迎向子君的父親。

　　「他就是鄧逸軒畫家？果然一副名畫家的樣子。」可樂悄悄對小葵說。

　　名畫家有樣子看的嗎？小葵心想，偷偷打量穿著高雅印花布料套裝的鄧畫家。鄧畫家笑容可掬，舉手投足間姿態優雅，說話也文縐縐的，的確很有畫家的氣質。

　　「先吃點東西，待會兒我帶你們去畫室看看。」鄧畫家說著，招呼他們去到自由餐會的偏廳。

　　那裡坐著幾個看起來很嚴肅的

人物，子君父親過去打招呼。

「快吃吧，待會兒要做正事了！」子君小聲對伙伴們說。於是，他們快快拿了些食物和甜品，坐到高雅的桌位用餐。

小葵打量這所獨棟豪宅，可以看得出畫家品味獨特，屋內設計大方得體，任何一件室內裝飾看起來都像價格不菲的收藏品。

可樂吃完後，兩手各拿一杯不同的飲料，喜滋滋地走向他們。

「喂！小心點兒，別打翻東西，不然可能賠一輩子都賠不完啊！」子君著急地警告道。

可樂驚得差點兒被地毯絆倒，幸好及時穩住，杯中的水才沒有灑出來。

「你怎麼這樣魯莽？」子君皺起了眉頭。

「還不是你嚇唬我才會這樣？幸好平安無事。」可樂把杯子放好，大呼口氣說。

他們喝完飲料，鄧畫家就走過來，說：「難得你們對畫那麼有興趣，一定迫不及待想參觀畫室了對吧？」

「是啊，是啊！太期待了！」可樂和子君用力點頭地齊聲說道。小葵覺得他們的熱心反而讓人起疑，走去畫室途中，她提醒兩個偵探迷伙伴道：「記得不要問奇怪的問題。」

「甚麼奇怪的問題？」

「他啊他，你要擔心的是他。」

「擔心你才對吧？」

「你最好不要開口說話。」

「你才要閉嘴！」

可樂和子君兩人互相推搡著走進了畫室。三人看到那純白的畫室，眼睛睜得老大。子君驚歎不已地走到畫室中央，感受這特殊空間的氛圍。

這個畫室不單只用於作畫，房

內有兩面大大的落地窗，窗外是壯闊的山景。室內配置了吧台和休息空間，畫畫累了或需要靈感時，可以坐在舒適的沙發看看電視，品品茶看看書。

「這裡……太舒服了！這真的是畫室嗎？」子君問道。

「呵呵！畫家的畫室不盡相同，每個人有他的要求和習性。我喜歡放鬆身心的空間，所以打造了這樣一個地方。當畫得不順利時就休息一下，靈感時常會隨著喝杯茶或看書的瞬間誕生。」鄧畫家說。

「原來是這樣啊！畫家的生活真是太寫意了！」可樂說著，兀自坐在沙發上，一副舒適無比的模樣。

「看起來是不錯，但背後的辛酸，可沒有人知道啊！」鄧畫家說著，似乎有難言之隱。

「哦，畫家應該需要經過很艱苦的學習和鍛煉。」小葵說。

鄧畫家意味深長地凝視小葵，緩緩說道：「很多畫家的成就，並不是靠努力就能獲得。還要依賴天時地利，甚至做自己不想做的事。」

「甚麼不想做的事？」小葵好奇地追問。

鄧畫家想不到小葵會追問，愣了一下，說道：「有一些隱秘的顧客，要求我去他家裡畫圖。而這些隱秘的顧客，是我想拒絕都無法拒絕的。有時為了賣畫，我們需要賣藝，甚至賣身！」

「賣——身？」可樂張大了嘴。

看到一張張驚訝的臉龐，鄧畫家突然哈哈大笑，說道：「其實就是被請去當場畫畫，或者陪大人物出遊啦！」

大伙兒虛驚一場，被逗得笑開

了懷。

　　鄧畫家接著示範如何畫一朵花，小葵和伙伴也獲准在舒適的畫室自由作畫，過一過畫家的癮。

　　偵探團玩得不亦樂乎，完全將查案忘得一乾二淨了。

　　畫畫的時間過得特別快，轉眼已是傍晚時分，子君父親過來催促他們準備回去。

　　臨走前，小葵急急忙忙去一趟洗手間。

　　在偌大的房子尋覓了好一會兒，小葵才在廚房後方的岔道找到洗手間。

　　上完洗手間，小葵正要扭開水龍頭時，看到旁邊有一道側門。這是個木雕門，上面雕刻了一些小人物，非常精美。

　　「哇，這些雕刻好像在表達甚麼故事……」小葵好奇地趨前細看。

誰知一個不小心觸碰到門，門順著力道打開了。門外，是一幅恬靜的小樹林景致。

小葵自然而然地往外走去，「想不到這兒還有田園般舒服的景色。」

突然，有個影子在她眼前晃過，小葵全身緊繃起來，著急喚道：「是誰？」

她仔細搜尋，那晃動的人影忽然轉過頭來查看，一雙眼睛與小葵四目相對！

由於距離相當遠，還有樹枝和樹影遮蔽，小葵看不清那人的面容，但她看得出那雙眼睛充滿了驚慌。

小葵大著膽走過去時，那人已經消失無蹤。「到底是甚麼人呢？」

正想著，就聽見子君用那尖銳的叫聲喚著她的名字。

「哎呀！可別讓大家等太久了！」於是小葵趕忙走了回

去。

「你不會上個廁所都迷路吧？」子君調侃道。小葵沒有回答子君，她轉向鄧畫家，問道：「鄧畫家，你孩子也是畫家嗎？」

「不，很可惜他沒有遺傳到我的天賦，呵！」鄧畫家歎了口氣，說道：「我家孩子從小就對畫畫不感興趣，不過啊，他在其他領域都有不錯的表現。」

「你孩子是從事甚麼職業呢？」小葵問。

「從事IT行業。」鄧畫家露出頗為欣慰的模樣。

「有空再過來玩吧！我這裡很歡迎愛畫畫的大小朋友。」鄧畫家跟他們道別時說道。

子君和可樂非常用力地揮手，跟鄧畫家道別。

車子駛走後，子君呵了口氣，

說：「雖然從事IT也很好，不過他一定很惋惜孩子不能繼承他的衣缽吧？」

「真的是這樣嗎？」小葵不小心說出內心的疑惑。

「當然啊！鄧畫家那麼熱愛畫畫，一定很希望孩子能遺傳到他的畫畫天賦。」

「那如果他孩子沒有畫畫天賦，不是會有很大壓力？」可樂突然提出道，接著他拍拍胸口，慶幸地說：「幸好我是雜貨店的兒子。」

「嘿！你要是鄧畫家的兒子，他肯定氣死。」

「誰說的？也許鄧畫家高興都來不及呢！」

「為甚麼他會高興？你一點兒畫畫天賦都沒有。」

「我是沒有，難道你有嗎？」

子君馬上自信十足地拿出剛才的習作，問前座的父親道：「爸爸，你說，這幅畫是不是

很好看？是不是畫得特別有意思？」

　　子君父親未回頭，可樂搶著說：「問你父親不公平，得問鄧畫家才對。」

　　「好啊！下回我帶去問他。」

　　兩人繼續拌嘴到下車，小葵卻完全不在狀況中，似乎在思索著甚麼。

127

第十三章

卡塔的提示

小葵心事重重地回到珍妮理髮，外婆喚她喚了好多聲她都沒有聽見。

「是不是吃錯東西啊？哪裡不舒服？」外婆探探小葵的額頭。

「哦，沒事啊！」小葵如夢初醒，趕緊扒飯進嘴裡。

外婆見小葵心不在焉，問道：「今天畫畫很累嗎？」

「不會。畫畫很開心。」

「呵呵！畫得開心就好。」

小葵見外婆沒顧客，向她提起畫家和他孩子的事。

「子君說鄧畫家應該很遺憾孩子不能繼承他的畫畫事業。不過，鄧畫家的孩子如果沒有畫畫天賦，他當然不可能要求他孩子繼承他，對嗎？」

小葵一下說了許多，外婆似乎有點吸收不來。她杵著頭想了幾秒，隨即拍手說道：「嘿！為甚麼要去想孩子是不是應該繼承他？各人管好自己就天下太平了！」外婆似乎覺得這問題很多餘。

「Jane，如果我沒有畫畫天賦，媽咪卻希望我當漫畫家，是不是很奇怪？」

「當然啊！父母不能太插手孩子的志向。每個孩子都有他的才能，也有他自己的路要走，大人啊，別總想控制孩子的人生。」

小葵點點頭，外婆的話常常令她覺得很有道理。

這時店面傳來清脆的鈴鐺聲響，有人推門進來珍妮理髮了。緊接著，一個聲音著急問道：「Jane！我八點有個宴會，來得及做頭髮嗎？」

「沒問題！現在才六點多不是嗎？」

外婆悠哉說著，朝小葵眨眨眼，走了出去。

飯後，小葵憋不住心中的疑問，她帶著向日葵筆記本來到閣樓，朝空氣中叫喚。

「卡塔！你可以回答我一個問題嗎？卡塔，快出來！」

這回，卡塔很快就顯出身影。

他問道：「還沒找到線索嗎？」

「你先回答我的問題，鄧畫家的畫是否被仿畫集團偷去？」

「嗯……」靈貓卡塔那雙藍綠色的眼

瞳瞇成一條縫，讓小葵更猜不透。

　　小葵又問：「樹林中的人到底是誰？」

　　卡塔又是一陣靜默。

　　小葵猜測道：「既然出現在附近，肯定和鄧畫家有關，對不對？」

　　卡塔終於開口：「有時候查案也需要緣分。讓你遇見的，都對你的追查有幫助。」

　　這一次，小葵聽懂了卡塔話中之意，「所以說，那個人肯定跟畫家有關，而偷走畫家的畫的，並不是一般的偷畫賊。」

　　「推論得不錯。」卡塔點點頭。

　　「那不一般的偷畫賊，難道是樹林中的那個人？」

　　卡塔這回擺了擺頭。

　　「不是？那到底是誰？」小葵這回真的抓破頭都猜不到是誰了。

　　「樹林中的人的確是關鍵。」

「關鍵？但是他並不是偷畫賊不是嗎？難道某個人跟樹林中的人聯手偷畫？」小葵絞盡腦汁地推測。

「看在你那麼熱心追查的份上，就給你一些提示吧！」

卡塔說著，指了指小葵懷中的筆記本。

小葵趕緊打開筆記本，在她書寫偷畫賊案情下方，出現了一行奇怪的英文字母。

她念出來：「sttohinesoatfr。」小葵疑惑極了，完全摸不著頭腦：「這是甚麼？」

這時卡塔漸漸隱去身影，只來得及說了一句：「我已經給你提示了，金鑰是數字3。」

「金鑰是數字3？」

小葵喃喃自語，愣了一會兒，趕緊拿出手機上網查資料。

「一般密碼文字都是利用金鑰來加密或解密。金鑰是解開密碼的秘密資訊

……這麼說來，有了金鑰，就能解開密碼。但是，就算知道金鑰是３，還是看不出這串字母是甚麼……」

　　小葵撫著下巴凝視那串意義不明的字母，看了好久還是看不出個所以然。

第十四章

不能說的偷畫賊

「這個嘛⋯⋯會不會跟上次一樣，代表手機數字按鍵？」可樂歪著頭盯著小葵筆記本上的奇怪字母。

「都說了金鑰是3，當然不可能是手機數字。你啊，真的要多用腦，不然怎麼成為SX301偵探團的一分子？」子君晃晃頭，歎了口氣。

可樂的臉漲紅了，問道：「那你知道是甚麼嗎？你根本也看不出來對吧？」

「這⋯⋯」子君被問住了，趕緊說：「我覺得一定是跟3有關的東西，比如⋯⋯每三個英文字

母後面加一個字，對了，就是這樣！哈哈哈，我是天才吧？」

「加甚麼字啊？」可樂馬上問。

「嗯……我看看…… stt ……加 i？u？還是 e？」子君想得頭快爆了，氣惱地說：「哎呀！小葵，到底是誰給你的提示？為甚麼他不直接講出謎底啊！」

子君氣呼呼地看著小葵，小葵簡直哭笑不得，這子君解不開密碼竟然發起脾氣來了。

「對啊！小葵，到底是誰給你的提示？他知道誰是偷畫賊嗎？」可樂也超級好奇。

小葵想了想，她決定不說出靈貓卡塔的事，她知道就算說出來，沒親眼見過的人絕對不會相信，於是她說：「他是一個神秘的網友，不過他不願意透露更多關於他的資訊。」

「好神秘，難道是……」

子君驚訝地看著小葵，驚呼道：「偵探之神！」

　　「一定是了！我聽說網上有個偵探之神，總是能解開人們的疑惑。」可樂興奮地說。

　　「真的有偵探之神？」小葵難以置信。

　　「是啊！網路盛傳這個神秘人物，但沒有人知道他是誰。」子君說。

　　「對，我也聽過。我相信一定是某個厲害的偵探偷偷在網上幫助人們查案。」可樂說著，一臉憧憬和佩服。

　　這時上課鐘聲響了，大家只好先拋開解密的事，乖乖上課。

　　這一堂是陳老師的中文寫作規範課。

　　「同學們對於寫作是不是很頭疼？不知道從何下手？其實寫作並沒有你們想像的那麼難。比如說，現在要你們寫關於我們的學校，

你要從何寫起？」陳老師沒等到同學回答，就自己說了起來，「當然是從外觀寫起，如果你們知道學校的歷史，就更好了。水星小學的歷史悠久，創辦之際也遇到了不少困難⋯⋯」

　　陳老師總是很喜歡「講古」，還沒說到正題，就扯到老遠。

　　可樂聽了不到五分鐘就打起了瞌睡，他對於寫東西最不在行了。子君則聽得津津有味，她喜歡陳老師說這些平常聽不到的故事。

　　「好，現在開始下筆吧！記得每一段的開頭一定要分段。」

　　「老師，甚麼是分段？」有位同學舉手問道。

　　「分段啊，就是每到一個段落完結，下一段開始必須換行，並且空兩格。」

　　小葵正要構思，腦袋卻靈光一

閃，子君轉過頭來喚醒可樂時看到小葵瞪大雙眼的模樣，著實被她嚇了一跳。

「小葵，你是怎麼了？」

「我想到了！原來是這樣！金鑰3原來是換行的意思！」小葵興奮地告訴兩個偵探迷伙伴。

可樂抓抓頭，一臉不明所以，子君趕忙問：「換行是甚麼意思？」

「每三個字母換行！」小葵小聲說著，嘴角止不住地上揚。

「呵？甚麼三個字母？」可樂抓抓頭，還在迷霧中。

小葵馬上在練習簿子上寫下密碼sttohinesoatfr，再拆成三行，豎排念下去道：「son of the artist。」

「畫家的兒子？」子君馬上翻譯成中文。

「這宗偷畫事件，跟畫家

的兒子有關。」小葵說。

「那就是說，跟朱老師還有阿麥老伯沒關係了？嗚呼！」子君驚喜地叫起來。

「那邊在做甚麼？」陳老師說著，走過來查看，這時課室門突然被拉了開來！

「陳老師，你得快點來一趟！」校長神色凝重地吩咐陳老師。接著陳老師急匆匆地跟著校長走了出課室。

「不會是抓到偷畫賊了吧？」可樂

對兩個伙伴說。

　　SX301偵探團團員面面相覷，彈起來衝出課室。

　　他們走到校園時，看到一輛警車經過，車上竟然載著阿麥老伯！

　　「阿麥老伯被員警帶走？難道他是偷畫賊？」可樂驚呼道。

　　大伙兒正感納悶，這時，突然有個人衝到警車前方！

　　「是顧問老師！」子君叫道。

　　顧問老師和警員說了些話，不一會兒，阿麥老伯就從警車走了下來。

　　陳老師趕緊走過去詢問：「阿麥老伯，你沒事吧？」

　　「哼！當然沒事。我本來就沒有偷畫。」阿麥老伯憤憤不平地說。

　　大伙兒看著顧問老師，她趕

緊解釋道:「剛才鄧畫家打給我,說取消案件了!」

　　「取消案件?為甚麼?不是他報警要抓偷畫賊的嗎?」小葵問。

　　「是,不過聽說他找回畫了。」

　　眾人都感到很驚訝。

　　「畫不是被偷了嗎?總不可能自己跑回來吧?」可樂抓抓頭問道。

　　「你說對了!聽說有人把畫寄回鄧畫家家裡。」顧問老師說著,鬆了口氣道:「只要畫沒事就好,不是嗎?」

　　「太好了!沒事就好,阿麥老伯,剛才警員到你宿舍搜查,你一定受了不少驚嚇吧?讓你被懷疑真是抱歉了……」

　　　　　陳老師安撫著阿麥老伯,陪著他走向宿舍。

　　　　　事情急轉直下,好像甚麼

都沒有發生一樣，可樂和子君不禁感到失望。

「這樣就破案了？」可樂說。

「不，我們根本沒有破案，這是一宗未解的懸案。」子君皺起眉頭，盤著雙手說道。

「同學們，偵探遊戲就到此結束吧！快回去上課了。」

顧問老師說完正欲轉身離開，誰知小葵一個箭步擋在她前面。

「畫是你偷的吧？老師。」

顧問老師被突如其來的指控嚇得驚慌不已，但下一秒又恢復鎮定，說：「你說甚麼？我怎麼可能偷畫？CCTV不是沒有拍到嗎？」

「CCTV沒辦法拍到展廳之內不是嗎？」小葵停了下，接著說：「被盜走的畫，並不是送回來那幅，對吧？」

「小葵，你在說甚麼？畫不是被盜走然後又回來了嗎？」子君疑惑地問道。

「對啊，對啊！如果送回來那幅不是被盜走的畫，那是誰的畫？」可樂和子君引頸期盼地看著小葵。

「當然就是鄧畫家的畫。」小葵回道。

兩個小伙伴側頭思索，把剛剛聽到的在腦袋裡重新整理一番。

「我知道了！」子君突然明白過來，敲了聲響指，興奮地推理道：「被盜走的畫並不是鄧畫家的畫，而鄧畫家的畫並沒有被盜。也就是說，被偷的畫並不是真的被偷，而沒有被偷的畫，卻以為真的被偷了！」

聽著子君繞口令般的推理，可樂兩眼昏花，傻乎乎地說：「子君你在說甚麼外星語言啊？」大伙兒不禁樂開了懷。

「顧問老師，你可以告訴我們被偷的畫在哪裡嗎？」小葵正色看著老師。

顧問老師歎口氣，一副心虛的模樣說：「你們可以答應我不說出來嗎？」

小葵望向其他兩人，偵探團達成共識，點頭答應。

SX301偵探團跟隨顧問老師走進展廳，並在展廳一隅的長椅內，找到了《貓之舞》。

「這不就是被偷的《貓之舞》？」可樂驚呼，但馬上懊惱地說：「不是說《貓之舞》被送回去了嗎？怎麼還在這裡？」

顧問老師呵口氣，對他們娓娓道來：「其實這幅畫，是鄧畫家的

兒子鄧淺的作品。」

「鄧畫家的兒子模仿他父親的畫？」小葵問。

顧問老師點點頭，道：「鄧畫家不希望他的孩子繼承他的衣缽，禁止孩子接觸畫畫。但誰能想到，他兒子不單熱愛畫畫，還非常有天賦呢？」

「想不到鄧畫家竟然不希望兒子繼承他的衣缽，看來他的畫家之路吃了不少苦頭。」小葵尋思道。

「他兒子那麼有天賦，直接跟他爸爸說就好了啊！」子君無法理解地翹起眉頭。

「對啊！還有，他為甚麼要模仿父親的畫？畫又為何會在這裡？」可樂興奮地提問。

「說來也巧。鄧淺為了向父親證明自己的實力，仿畫了這幅《貓之舞》，卻在畫好後不小心弄破原畫，於是他悄悄把自己的仿畫放進畫

室。誰知鄧淺還沒有修復好原畫，鄧畫家就將那幅仿畫送去學校參展。」

「鄧畫家居然沒有發現那是仿畫？」子君不可置信地問道。

「嗯。可見鄧淺的仿畫功力相當爐火純青。他本身也有很好的創作力，只是一直以來不敢讓父親發現自己在畫畫。」

「你們為了不讓這幅仿畫被買走，所以才偷畫？」小葵問。

顧問老師點點頭。

「你是趁早上進去展廳時，將畫藏到長椅底下嗎？」子君問。

「嗯，這長椅是我們在開展前送進去的，有經過特殊處理，可以很隱秘的藏好畫。」

一切真相大白，偷畫事件就此落幕。

最終章

　　放學後，SX301偵探團決定到優之家 Patisserie慶祝，因為他們終於破解了偷畫案件！

　　「小葵，我還是不明白，你怎麼會發現是顧問老師偷的畫呢？」可樂邊吃著搖搖欲墜的草莓布丁，邊說道。

　　「你們忘了嗎？顧問老師曾說，去過鄧畫家的家，還看過他許多畫。如果不是很熟悉的人，一般不可能進到畫室。所以我猜測顧問老師應該跟畫家的某個家人很親近。」

　　「那你怎麼知道那個家人就是畫家的兒子呢？」子君問。

「因為我解開密碼了啊！謎底是son of the artist。但他並沒有來過學校，能夠執行偷畫行動的，就只有顧問老師了。」

可樂恍然大悟，對小葵佩服得五體投地。小葵也跟他們提起之前在畫家後門看到一名男子的事，大家都覺得他就是畫家的兒子。

他們談著談著，不小心吃多了布丁，付帳時大家才發現帶不夠錢。正急得不知如何是好，店長對他們說：「剛才有個顧客幫你們付錢了。」

「咦？誰幫我們付錢了呢？」可樂疑惑地抓抓頭。

「沒有人會無端端幫我們付錢，會不會對我們不懷好意呢？」子君撅起了嘴思索著。

可樂挑了挑眉，馬上進入查案狀態：「這是一宗神秘事件，

我們必須查出到底是誰幫我們給了錢！」

　　子君看到小葵一臉笑瞇瞇，懷疑地問她：「小葵你是不是知道誰幫我們付錢？」

　　小葵指指店裡的畫，說：「是牆上那些畫的畫家幫我們付錢吧！」

　　「你怎麼知道？」

　　他們趨近畫仔細查看，發現畫下方有個小小的簽名：淺。

　　「淺？難道這個畫家就是鄧畫家的兒子鄧淺？」可樂瞪大了眼。

　　「應該是吧！」

　　「原來這些看起來很療癒的畫是鄧淺的畫啊！我得叫爸爸支持他，買來放在酒店……」

　　　　三人七嘴八舌地討論，走出了優之家Patisserie。

　　鄧畫家坐在畫室內，盯著手中那幅修復好的畫——《貓之舞》。他想起了年輕時因為賣不出畫，差點兒餓暈在某個昏暗巷子的往事。

　　當時，有隻奇怪的貓咪在他腳邊放下一盒飯，他本能地把飯吃完。吃完後，他突然有了靈感。他畫了許多貓咪圖，得到畫評家的賞識，從此平步青雲地走上名畫家之路。

　　「或許我應該讓阿淺自己選擇。」

　　鄧畫家將《貓之舞》擱到牆邊，走出畫室。

　　這時有幅畫因為窗外照射進來的月光，顯得特別明亮。

　　那是一幅貓咪圖。貓咪身後，是個毛色灰白、兩眼透出光芒的巨大貓咪……

幽靈貓解謎時間

考考你的覺察力

小葵正要走進鎮上一家藝術用品店，只見店主慌張地衝出來，跟小葵說店裡一本名貴畫冊不見了！

店主解釋說，名貴畫冊昨天還在，而今天整天下著雨，只有兩位顧客來到店裡。第一位是李先生，第二位是雪兒女士。

雪兒女士是個大近視，今天卻忘了戴眼鏡，所以在書架前找了大半天，才買下一本她喜歡的畫冊。店主送走雪兒女士後，回去整理書架時發現少了那本名貴畫冊。

今天只有兩位顧客，畫冊必定是被其中一位拿走了。幸好店主曾經為這兩位顧客送過貨，有他們

DetecTive

的地址資料，他決定上門問個究竟。由於小葵跟店主是朋友，決定一起去查探。

他們先來到雪兒女士家查看，雪兒女士聽後恍然大悟地說，她選書時看見店門口的李先生正拿著一本畫冊，書名正是那失竊的畫冊。

接著，小葵和店主前往李先生家查問。李先生說自己絕對不可能偷畫冊，氣得把他們轟出來。

店主非常苦惱，到底是哪位顧客偷了畫冊？

此時，小葵卻自信地說：「我知道是誰偷走了畫冊。」

你知道誰偷走畫冊嗎？小葵是怎麼發現的呢？

157

謎底在 159 頁

幽靈貓 解謎時間

考考你的解碼力

SX301 偵探團正要出發去追查案件，子君卻發現，她特意帶給伙伴們使用的偵探徽章竟然不見了！

小葵暗地求助靈貓卡塔，卡塔給出提示，密碼是：psaetriise，金鑰為 2。

你知道子君的偵探徽章在哪裡嗎？

謎底在 159 頁

DetecTive

葵與貓的偵探日常 ②

作者	蘇飛
內容總監	曾玉英
責任編輯	何敏慧
書籍設計	Yue Lau

出版	閱亮點有限公司 Enrich Spot Limited 九龍觀塘鴻圖道 78 號 17 樓 A 室
發行	天窗出版社有限公司 Enrich Publishing Ltd. 九龍觀塘鴻圖道 78 號 17 樓 A 室
電話	(852) 2793 5678
傳真	(852) 2793 5030
網址	www.enrichculture.com
電郵	info@enrichculture.com
出版日期	2023 年 9 月初版

定價	港幣 $88　新台幣 $440
國際書號	978-988-76827-9-0
圖書分類	(1) 兒童圖書　(2) 兒童文學